*Ich wünsche allen Lesern und Leserinnen
eine stimmungsvolle Adventszeit*

AF210425

Ein Elch braucht neue Schuhe

Im Lande Nirgendwo in einem Klassenzimmer saßen fünfzehn Elche und schauten konzentriert auf die Prüfungsaufgaben, die sich vor ihnen auf den Tischen befanden. Sie besuchten die letzte Klasse der Elchschule und legten gerade eine von vielen Prüfungen ab, nach deren Bestehen sie sich
himmlisch geprüfte Weihnachtsschlittenelche
nennen durften.

Einer der Elche blickte gerade, in Gedanken versunken, aus dem Fenster, in die fallenden Schneeflocken im milchigen Himmel, als könne ihm dort draußen jemand die Antworten auf die Prüfungsfragen geben. Das war Eddie. Vier Jahre lang hatte er nun die Elchschule besucht und war darin geschult worden, wie man einen Weihnachtsschlitten zog.
Und nun möchten wir euch die Geschichte von Eddie erzählen, die eine ganz besondere ist!

Also, so einen Schlitten zu ziehen ist doch leicht, werdet ihr denken, dazu benötigt ein Elch doch keine Ausbildung!

Oh doch! Es ist nämlich eine ganz besondere Kunst, einen Weihnachtsschlitten zu ziehen, und die Elche tragen dabei eine große

Verantwortung, denn die Weihnachtsmänner, die mit den Schlitten durch die Städte und Dörfer reisen, können nicht auch noch die Steuerung der Schlitten übernehmen. Sie haben ja schon alle Hände voll damit zu tun, den Kindern zu winken und die Pakete zu verteilen. Eddie war einer der fleißigsten jungen Elche, die je in dieser Schule gesessen hatten. Er liebte es zu lernen und interessierte sich für alles, was er im Unterricht sah und hörte. In der Elchgrundschule hatten seine Klassenkameraden und er lesen, schreiben und rechnen gelernt und wurden darin immer besser. Hier in der Elchschule gab es nun insgesamt sieben Unterrichtsfächer, in denen angehende Weihnachtsschlittenelche geprüft wurden: „Verkehrsschilder kennenlernen", „Richtig starten und vorsichtig bremsen" – Ihr könnt euch wohl vorstellen, wie die Geschenke auf den Schlitten durcheinanderpurzeln würden, wenn man das nicht richtig könnte! „Schlittenkunde und der richtige Umgang mit dem Schlittengeschirr", „Der richtige Umgang mit Kindern", „Weihnachtskunde", „Liebevoller Umgang und die Verwendung von guten Worten" und „Gute Taten vollbringen" waren die Unterrichtsfächer. Ein Weihnachtsschlittenelch musste sich schließlich selber anschirren können und er musste wissen, wie man sich als sichtbarer Teil des Geistes der Weihnacht würdig verhielt.

Eddie war sich dessen bewusst und er hatte für alle Prüfungen fleißig gelernt, denn er wollte die Prüfung unbedingt bestehen. Ein himmlisch geprüfter Weihnachtsschlittenelch zu werden, war sein größter Traum, schon seit frühester Kindheit!

Nun, wenn es gleich läuten würde, hätte er seine vorletzte Prüfung geschrieben. Die Prüfungsfragen zu beantworten war ihm leichtgefallen, und er freute sich darauf, seinen Bogen Papier nach vorne zu tragen und abzugeben. Mit einem Mal aber bekam er einen mächtigen Schreck! Jetzt wusste er, weshalb er nicht aufhören konnte, in die Schneeflocken zu schauen! Schnee! Wenn es schneite, mussten sie zur letzten Prüfung in ein paar Tagen Schuhe tragen!

Die letzte und zugleich wichtigste Prüfung fand in dem Fach „Richtig starten und vorsichtig bremsen" statt und dieses Fach wurde immer draußen unterrichtet. In der schneefreien Zeit konnten die Elche die Start- und Bremsübungen ohne Schuhe ausführen. Nun aber hatte es zu schneien begonnen, und wenn es einmal damit anfing, im Lande Nirgendwo, dann hörte es auch so schnell nicht mehr auf. Wenn es also kräftig schneite, waren die einheitlichen festen roten Schuhe vorgeschrieben, von denen die Elche gleich zu Anfang der Ausbildung jeweils zwei Paar ausgehändigt bekommen hatten. Ja, zwei Paar, denn Elche bewegen sich ja auf vier Beinen vorwärts und da benötigen sie auch vier Schuhe!

Nun war es bis vor ein paar Tagen so warm und sonnig gewesen, dass keiner der Elche daran gedacht hatte, seine Schuhe herauszuholen. Sie waren alle mit den Vorbereitungen für die Prüfungen beschäftigt gewesen. Stocksteif und still saß Eddie auf seinem Platz. Er kannte das Handbuch für Weihnachtsschlittenelche auswendig. Darin stand, dass die zu Weihnachten verschneite und vereiste Reise auf die Erde sehr lang war, daher seien Schuhe Pflicht. Fieberhaft dachte er nach, wo er seine Schuhe zuletzt gesehen hatte, doch konnte er sich beim besten Willen nicht daran erinnern. Er hatte sie seit dem letzten Winter nicht mehr gesehen.

Es kam, wie es kommen musste, es läutete, der Lehrer sammelte alle Prüfungsbögen ein, räusperte sich und bat alle Elche, zum Unterricht am folgenden Tag ihre Schuhe mitzubringen. Es herrschte eine helle Aufregung! Die Schuhe! Viele seiner Klassenkameraden waren genauso überrascht wie Eddie und sahen erst jetzt, dass es schneite. Dann war der Unterricht aus, sie durften ohne Hausaufgaben am Nachmittag spielen gehen. Und das taten sie! Eddie aber rannte, sofort und so schnell er konnte, auf sein Zimmer, um nach seinen Schuhen zu suchen.

Er suchte überall: unter seinem Bett, in seinem Schreibtisch, hinter den Gardinen und in jedem Winkel seines Kleiderschranks. Und er fand auch einen der Schuhe, aber die restlichen drei blieben verschwunden!

Die Suche wurde von Pfiffen unter seinem Fenster unterbrochen. Seine Freunde waren gekommen und hatten bereits eine Ladung Schneebälle geformt. Eddie dachte bei sich, na sei 's drum, wo ein Schuh ist, da sind auch die anderen! Ich suche später weiter.

So ging Eddie hinaus, um mit seinen Freunden im Schnee zu tollen. Es kamen immer mehr Elche zusammen. Sie bildeten zwei Mannschaften und machten eine Schneeballschlacht, bis es dunkel wurde und die

Schulglocke zum Abendbrot läutete.

Nach dem Abendbrot setzte er seine Suche fort, durchwühlte seine Truhe und noch einmal seinen Kleiderschrank, legte alle seine Sachen auf das Bett und packte danach alles sorgfältig wieder an Ort und Stelle. Nach einer Stunde war Eddie endlich fertig, aber von den übrigen drei Schuhen fehlte jede Spur.

Enttäuscht ging er hinaus zu seinen Freunden, die gerade dabei waren, einen Schneemann und eine Schneefrau zu bauen. „Na, Eddie!", rief einer seiner Freunde, „ist dir eine Elchlaus über die Leber gelaufen?"

„Oh Freunde", sagte Eddie traurig, „Mit meinen Schuhen ist es viel schlimmer, als ich dachte! Ich habe nur noch einen Schuh und die anderen drei kann ich beim besten Willen nicht finden! Sie müssen bei unserem Umzug in das neue Schulgebäude verlorengegangen sein!"

„Oh, oh!", riefen die anderen und einer der Elche sagte: „Das wird Probleme geben, der Herr Lehrer wird sich eine Strafe ausdenken, das weißt du."

Ein anderer sagte: „Ich habe gehört, es wurde in der Vergangenheit einmal ein Elch nicht zur Schlittenprüfung zugelassen, weil er nicht ordentlich mit seinen Sachen umgegangen war. Erst so kurz vor der Prüfung zu bemerken, dass die Schuhe fehlen, könnte vielleicht Ärger geben! Lasst es uns den Lehrern lieber nicht sagen!"

Ein nächster meinte, dass er Eddie für den nächsten Tag einen seiner
Schuhe leihen würde, damit er wenigstens für vorne welche hätte.
Ein weiterer Elch bot Eddie an, ihm auch einen seiner Schuhe für die
nächste Unterrichtsstunde abzugeben, und sagte:

„Dann hätten wir alle drei Schuhe und könnten dem Lehrer so bestimmt glauben machen, dass wir alle natürlich auch vier Schuhe besitzen und nur durch Zufall jeweils einen vergessen haben. So kurz vor der Abschlussprüfung werden wir dich nicht im Stich lassen! Wir halten alle zusammen!"

Aber ihnen war klar, dass Eddie so schnell wie möglich neue Schuhe brauchte, und so berieten sie gemeinsam, wie sie Eddie dabei helfen konnten. Nach langem Hin und Her hatte einer der Elche eine Idee: „Ganz einfach, Eddie muss zu einem Schuster, der ihm neue Schuhe anfertigt."
„Das kostet aber Geld", stöhnte Eddie, „und ich habe keines."
Die anderen Elche schüttelten traurig die Köpfe. Auch sie hatten kein Geld. Dennoch beschloss Eddie, am folgenden Tag in die Stadt zu laufen, um nach einem Schuster zu suchen. Er wollte den Schuster fragen, ob er den Preis für die Schuhe abarbeiten könne.
Nach dem Unterricht machte sich Eddie also auf den Weg in die Stadt. Seine Freunde hatten Eddie noch einmal ihre Schuhe geliehen, denn der Weg war weit und führte über Hügel und so kam er im Schnee besser vorwärts.

In der Stadt angekommen, fragte Eddie viele Leute nach einem Schuster, doch die, die in ihrer Eile überhaupt stehenblieben oder mit ihm reden wollten, meinten, es hätten wegen der großen Kaufhäuser so viele Schuster ihre Werkstätten zumachen müssen, dass sie nicht wüssten, wo noch einer sei.

Eddie wollte schon aufgeben, da traf er eine freundliche ältere Frau, die ihm den Weg in die alte Innenstadt beschrieb. In einer der engen Gassen solle er neben der alten Schlosserei hinter dem Marktbrunnen nach einer kleinen Holztür Ausschau halten, sagte sie ihm. Diese Tür führe in die Schustereiwerkstatt. Sie sei sich allerdings nicht sicher, ob der Schuster dort noch arbeitete, fügte die freundliche Frau hinzu, aber er solle es versuchen. Sie riet ihm noch, auf dem Kopfsteinpflaster vorsichtig zu laufen, es sei bei dem Schnee glatt und rutschig. Dann wünschte sie ihm viel Glück.

Eddie freute sich sehr und machte sich auf den Weg.

Schon bald stand er vor der alten Schlosserei. Als er mit seinen Augen die Außenwand des alten Fachwerkhauses entlangblickte, sah er die kleine Holztür. Er drückte die Klinke herunter, die Tür sprang auf und knarrte dabei so, als hätte sie es unendlich schwer. Eddie stieg die kleine Stufe herunter in die alte Werkstatt. Auch der Holzfußboden unter seinen Hufen knarrte. Es war warm und roch nach Feuer in einem Ofen und nach Kaffee und Leder. Irgendwo schepperte Musik aus einem alten Radio und ein leises Hämmern war zu hören.

Eddie sah einen Mann vor einer Werkbank sitzen, bekleidet mit einem Lederschurz, auf seinem Schoß einen Schuh, dessen Absatz er soeben angenagelt hatte.

Vorsichtig sprach Eddie: „Guten Tag, Herr Schuster." Der Schuster drehte sich um, lächelte erstaunt und erwiderte: „Ein Elch, welch seltener Besuch! Guten Tag, Herr Elch."

„Oh!", verbesserte Eddie, „mein Name ist nicht Elch, ich heiße Eddie!"

„Hallo Eddie", begrüßte ihn der Schuster, stand auf, hielt Eddie seine Hand entgegen und sagte weiter: „Und ich heiße nicht Schuster, sondern Lars Örenson. Aber du darfst Lars zu mir sagen." Vorsichtig und grinsend streckte Eddie Lars Örenson einen Huf entgegen und so schüttelten sie die Hände, oder besser gesagt, Hand und Huf. „Was führt dich zu mir, Eddie?", fragte Lars.

„Ich brauche dringend neue Schuhe", erwiderte Eddie zaghaft und begann, Lars nach und nach die ganze Geschichte zu erzählen.

Als er seine Erzählung beendet hatte, sagte der Schuster: „Eddie, gerne würde ich dir neue Schuhe anfertigen, doch auch ich muss dir jetzt eine Geschichte erzählen." Und so begann Lars Örenson mit seiner Erzählung:

„Vor vier Jahren habe ich noch viele Schuhe angefertigt und mein Geschäft lief sehr gut. Dann machte zuerst ein neues Schuhgeschäft vorne an der Straße auf. Ich hatte von da an keine Kunden mehr, die meine selbstgefertigten Lederschuhe kaufen wollten, aber ich hatte noch genug Aufträge für Schuhreparaturen. Doch dann hat die Fabrik nebenan die Tore geschlossen. Viele Arbeiter aus der Fabrik waren früher meine Kunden. Am Morgen brachten sie mir ihre Schuhe und am Abend oder am nächsten Tag konnten sie sie repariert wieder mitnehmen. Meine Einnahmen gingen zurück. Ich habe viele Ideen für neue Schuhe, mit denen ich neue Kunden gewinnen könnte, aber zu allem Übel ist im letzten Jahr auch noch meine Nähmaschine für die Lederarbeiten kaputtgegangen. Das Geld für eine Reparatur aber habe ich nicht und für das feste Leder, das ich für deine Schuhe brauche, brauche ich dringend meine Maschine. Ich würde dir gerne helfen und dir neue Schuhe anfertigen, Eddie, aber es geht leider nicht!"

Eddie schaute Lars traurig an, dann bedankte er sich und fragte, ob er ihn noch einmal besuchen dürfe. „Klar!", rief Lars aus, „ich würde mich sehr freuen!"

Die beiden verabschiedeten sich freundlich voneinander und Eddie machte sich auf den Heimweg. Er war betrübt und es wurde außerdem schon langsam finster. Er sang Weihnachtslieder, das machte ihm Mut, denn ihm war in der Dunkelheit ein wenig mulmig zumute.

Plötzlich sah er auf einem Hügel viele kleine Lichtlein hin und her springen, so als wären dort tausend Glühwürmchen am Werk. Doch das konnte ja jetzt zu dieser Jahreszeit nicht möglich sein, es war für Glühwürmchen doch viel zu kalt! Eddie ging näher an den Hügel heran. Obwohl er sich ein wenig fürchtete, war seine Neugierde größer!

Als er so näherkam, sah er winzige Wichtel, die mit kleinen Lampen an den Mützen (die Lampen sahen aus wie solche, die Bergarbeiter benutzen) eilig hin und her liefen. Eddie duckte sich hinter einen Strauch und beobachtete fasziniert das Geschehen. Das waren also seine Glühwürmchen! Die Weihnachtswichtel!

Eddie konnte sein Glück kaum fassen! Normalerweise sollte vor Weihnachten niemand die Weihnachtswichtel zu sehen bekommen. Aber da war es. Vor ihm lag das Vorweihnachtsdorf! Aus den Schornsteinen der niedlichen kleinen Hütten rauchte es und aus allen Häusern duftete es nach leckerem Essen. Die Wichtel trugen gerade Gegenstände von hier nach dort, aber Eddie konnte nicht erkennen, was es genau war. Neugierig reckte er seinen Hals, um besser sehen zu können.

Er erschrak mächtig, als ihm jemand von hinten auf die Schulter tippte. Er drehte sich um. Da standen ein Wichtelmädchen und ein Wichteljunge vor ihm! Ihm fiel sofort auf, dass sie je einen halben Stern auf der Brust trugen. Dies, so dachte Eddie, war bestimmt ein Zeichen dafür, dass die zwei unzertrennlich waren. Er betrachtete die beiden, die wie zwei blonde, schelmische Kinder vor ihm standen und ihn aus lustigen wachen Äugelein anblickten. Sie sahen freundlich und ruhig aus, aber sie versuchten, streng zu gucken. Der Wichteljunge fragte forsch:

„Was machst du hier? Dies ist der Bereich der Weihnachtswichtel und hier gilt für alle Nichtwichtel: Betreten in der Vorweihnachtszeit VERBOOOTEN!" Dabei bewegte der Wichteljunge seinen Zeigefinger streng vor Eddies Nase hin und her.

Und das Wichtelmädchen sagte: „Also sprich schnell! Was willst du? Wir haben es eilig, wir müssen noch sehr viele Wünsche bearbeiten."

Wenn ihr wüsstet! Jule und Tomte waren die beiden jüngsten Weihnachtswichtel, die es gab. Die beiden arbeiteten im Vorweihnachtsdorf in der Wunschpoststation und waren für die Erfüllung von Herzenswünschen zuständig.

Sie sprachen zwar etwas streng mit Eddie, aber in Wahrheit hatten die beiden ihre Weihnachtsvorbereitungen nur ganz alleine für Eddie und seine Notlage unterbrochen. Eddie konnte das nicht wissen, aber sie hatten ihn schon länger beobachtet. Er war ihnen aufgefallen, weil er das Herz am rechten Fleck hatte und alles mit Liebe und aus Liebe tat, und sie hatten seinen Wunsch danach, die Prüfung zu bestehen und dem Schuster Lars Örenson zu helfen schon bemerkt. Nun waren sie gekommen, um Eddie etwas zu verraten, was ihm helfen würde. Nur deshalb waren sie und das Vorweihnachtsdorf ihm erschienen. Aber das durfte Eddie natürlich nicht wissen. Deswegen spielten sie ihm ein wenig vor, dass sie es unglaublich eilig hätten. Das war nicht nett von ihnen, denkt ihr? Ja, das mag sein. Habt Geduld mit ihnen, sie sind jung und üben noch, aber sie meinen es nur gut!

Eddie, der von alledem ja nichts wusste, erkannte in den Augen der beiden ein herzensgutes Leuchten, und so fing er schüchtern, doch froh darüber, dass die beiden es offensichtlich gut mit ihm meinten, an zu berichten, was ihm auf dem Herzen lag:

„Mein Name ist Eddie, ich bin auf der Weihnachtsschlittenschule. Ich brauche dringend für meine Abschlussprüfung vier neue rote Schuhe und komme eben von dem Schuster dort unten neben der alten

Schmiede. Da habe ich die vielen Lichter gesehen. Ich muss zugeben, dass ich neugierig war. Sonst wollte ich nichts."

„Und, bekommst du nun neue Schuhe?", fragte das Wichtelmädchen jetzt freundlicher.

Da kamen die Worte nur so aus Eddie herausgepurzelt. „Nein, der Schuster kann mir keine anfertigen. Seine Kunden bleiben alle weg, weil die Fabrik neben seinem Laden geschlossen wurde. Außerdem ist seine Nähmaschine kaputt, und er hat kein Geld für eine neue Nähmaschine, und ich habe kein Geld für neue Schuhe."

„Na!", sagte der Wichteljunge. „Das heißt ja noch gar nichts. Hast du denn schon einen Wunsch ausgesprochen?"

„Wie jetzt, was denn für einen Wunsch?", stotterte Eddie unsicher.

„Du musst dir neue Schuhe *wünschen* und den Wunsch auch laut aussprechen! Es reicht nicht, nur zu sagen, dass du neue Schuhe *brauchst*, weißt du?", sagte das Wichtelmädchen.

Darauf fügte der Wichteljunge hinzu: „Es ist nämlich so, diese Wünsche gehen schneller in Erfüllung, wenn du deinen Wunsch mit einer guten Tat bedenkst. Du solltest noch für jemand anderen etwas erbitten oder jemandem deine Hilfe anbieten. Dazu brauchst du kein Geld."

„Wie sieht denn so eine Wunschformulierung aus?", fragte Eddie.

„Nein, nein, das dürfen wir dir nicht verraten, da musst du ganz alleine draufkommen", sagte das Wichtelmädchen.

„Muss ich euch den Wunsch denn mitteilen?", wollte Eddie wissen.

„Nicht unbedingt, aber unter Umständen geht es schneller", sagte das Wichtelmädchen. „Wenn du weißt, was du dir wünschst, dann sprich deinen Wunsch laut aus. Wir arbeiten in der Weihnachtswunschpoststation. Wir nehmen deinen Wunsch dann entgegen. Komm uns gerne morgen besuchen! Frag im Vorweihnachtsdorf nach Tomte und Jule, dann findest du uns."

Eddie lief vor Freude ein Schauer über den Rücken. Das Vorweihnachtsdorf, das wusste er, konnte man nicht einfach finden. Das erschien einem nur, wenn man ein besonders reines Herz hatte. Normalerweise durfte vor Weihnachten auch gar niemand Fremdes hinein, um die Vorbereitungen für Weihnachten nicht zu stören. Er wollte gerade Luft holen, um Tomte und Jule danach zu fragen, da waren die beiden Wichtel auch schon verschwunden. So drehte sich Eddie um, schritt vorsichtig den Hügel hinab und lief, so schnell er konnte und nun vor Freude laut singend, nach Hause.

„Ich habe etwas Tolles erlebt, ihr müsst mir unbedingt helfen, schnell einen Wunsch zu formulieren", sagte er aufgeregt zu seinen Freunden, als er nach Hause kam. Sie rätselten noch bis in die Nacht hinein, konnten den Wunsch allerdings nicht vollständig zusammenstellen.

Sie wussten nur, dass Eddie sich neue Schuhe wünschen sollte, aber es war nicht leicht zu sagen, wie das mit einer guten Tat oder einem Wunsch für jemand anderes verbunden werden könnte.

Die Elche überlegten und überlegten, es wurde immer später und letztendlich beschlossen sie, erst einmal darüber schlafen zu gehen. In der Nacht aber träumte Eddie von den Wichteln. Tomte und Jule standen im Traum vor ihm und sagten: „Wie sähe es wohl aus, wenn der Schuster nun eine neue Nähmaschine bekäme oder wenn jemand seine kaputte Nähmaschine reparieren würde, so dass er wieder nähen und dir vielleicht ein paar neue Schuhe anfertigen könnte? Wie würde es ihm und dir dann wohl gehen?"

Eddie fuhr aus dem Schlaf auf. Das war die Lösung! Er nahm einen Zettel und einen Stift und fing an, seinen Wunsch aufzuschreiben. Es war nicht so leicht, die richtige Reihenfolge hinzubekommen und auch ein gesundes Maß nicht zu überschreiten. Er wollte nicht unbescheiden sein. Zum Beispiel wollte er dem Schuster Reichtum wünschen, das fand er dann aber doch etwas übertrieben, weil für all die anderen, die Wünsche haben, ja auch noch etwas übrig sein sollte.

Kurz bevor der Unterricht begann, hatte er seinen Wunsch fertig formuliert. Laut las er sich diesen vor. Dabei spürte er, wie es ihm warm um sein Herz wurde, und er konnte sich den Schuster an seiner neuen Nähmaschine und sich selbst in seinen neuen Schuhen bildlich vorstellen:

„Ich wünsche mir von Herzen, dass die Nähmaschine von Schuster Lars Örenson wieder funktionstüchtig ist und dass er das Glück hat, neue Aufträge und viele neue Kunden zu bekommen. Dann könnte er mir das bei meinem nächsten Besuch freudig mitteilen und mir vielleicht anbieten, neue rote Schuhe für mich anzufertigen, damit ich ein Weihnachtsschlittenelch werden kann. Ich wäre überglücklich, wenn ich kein Geld für die Schuhe bezahlen müsste, denn ich habe leider kein Geld. Aber ich könnte einmal in der Woche bei ihm die Werkstatt fegen, wenn das reichen würde. Ich wünsche mir auch, dass Lars und ich Freunde werden.“

Kaum hatte Eddie seinen Wunsch laut ausgesprochen, da klingelte ein feines Glöckchen weit entfernt im Vorweihnachtsdorf in der Wunschpoststation der Wichtel. „Ah!“, sagte Tomte, der gerade einen Schluck von seinem Becher mit heißem Kakao nahm, „ein Wunsch ist eingegangen! Dann wollen wir doch einmal sehen, wer da einen Wunsch geschickt hat. Oh, er leuchtet ja ganz hell, der kommt von einem guten Herzen.“

„Ach, sieh an“, sagte Jule, die auch grade bei Tomte in der Wunschpoststation war und sich den Wunsch durchlas, „unser Freund Eddie hat es geschafft! Den Wunsch hat er schön formuliert. Da wird sich unser Schuster aber freuen! Wie oft ist sein Gedanke an eine heile Nähmaschine schon an uns vorbeigeflogen. Hätte er nur einmal ausgesprochen, dass er sich von Herzen wünscht, sie wäre wieder heil, ja dann wäre sie das schon längst, da bin ich mir sicher!"

„Ja, du hast recht, Jule, und ich finde auch, dass sich Eddies Wunsch nicht bis Weihnachten aufschieben lässt.

Er braucht die Schuhe für die Weihnachtsschlittenprüfung und der Schuster müsste seinen Laden schließen, wenn nicht bald etwas Gutes geschieht."

Da zwinkerten sich die beiden Wunschwichtel zu. Tomte sagte zu Jule: „Na, was meinst du?" Dann stellten sich die beiden auf, griffen sich bei der Hand, mit der anderen rieben sie ihren halben Stern und sprachen:

„Im Nirgendwo, dem fernen Land,
nimmt Jule Tomte an die Hand,
wir reiben unseren halben Stern,
den Wunsch erfüllen wir dir gern!"

Sofort entstand ein fein glitzernder Staub, der aussah wie eine Wolke kleiner Sterne. Der Sternenstaub füllte die ganze Wunschpoststation aus, dass alles nur so funkelte und geheimnisvoll leuchtete. Tomte nahm noch schnell einen Schluck von seinem heißen Kakao und beugte sich dann über den Tisch, um den Bildschirm anzuschalten. Wisst ihr denn, wozu die Wichtel diesen Bildschirm brauchten? Ja, mit dem können nämlich die Wunschwichtel beobachten, wie sich die Herzenswünsche erfüllen.

Jule und Tomte schickten auch auf der Stelle einen Trupp Handwerkerwichtel in die alte Schusterwerkstatt, denn die Nähmaschine von Schuster Lars Örenson sollte noch in jener Nacht repariert werden.

„Wenn Eddie nachher kommt", sagte Tomte vergnügt über seinem Kakao, „dann sagen wir ihm, dass aufrichtige Herzenswünsche unabhängig von Weihnachten oft sehr schnell in Erfüllung gehen!"

Und genauso taten sie es auch.

Der letzte Tag war doch sehr anstrengend und aufregend für Eddie gewesen, daher schlief er den Rest der Nacht wie ein Murmeltier. Im Gegensatz zu Lars Örenson, denn der Schuster wachte um vier Uhr in der Früh auf, weil er merkwürdige Geräusche aus seiner Werkstatt vernahm. Vorsichtig öffnete er die Durchgangstür, die seine Werkstatt mit seiner Wohnung verband. Ein greller Lichtstrahl blendete ihn so sehr, dass er die Augen schließen musste. Er hörte Blech klappern, Metall scheppern, Schrauben kullern und kleine Trippelschritte aus Richtung seiner Nähmaschine. Seine Augen konnte er jedoch nicht öffnen, so schmerzten sie von dem grellen Lichtstrahl.

Plötzlich jedoch wurde es still und wieder stockfinster in der Werkstatt. Der Schuster vernahm ein Geräusch, welches ihm vertraut war. Als er endlich die Augen öffnete und den Lichtschalter fand, traute er seinen Augen nicht. Seine Werkstatt glitzerte geheimnisvoll mit etwas, das aussah wie … – ja, was meint ihr, wonach das aussah? Ja, wie ganz feiner Sternenstaub! Jule und Tomte schauten in der Wunschpoststation auf ihren Bildschirm und klatschten freudig in die Hände, als sie Lars Örensons überraschtes Gesicht sahen!
Seine geliebte alte Nähmaschine schnurrte und ratterte fleißig vor sich hin und die Nadel bewegte sich, als wenn sie jemand bediente. Wie von einer unsichtbaren Hand geleitet, ging der Schuster zum Tisch, nahm das Leder, schnitt und schnippelte, zeichnete und steckte Lederstücke mit Nadeln zusammen. Dann setzte er sich an seine Nähmaschine, die nun wieder still geworden war, als warte sie darauf, dass er endlich anfing, zu nähen. Da streichelte er sanft über das Rad, setzte seinen Fuß auf das Pedal, schob das erste Lederstück unter die

Nadel und ratterte vor Glück lächelnd den Rest der Nacht an den vorgezeichneten Nähten entlang, bis die Morgensonne ihn durch die Fenster der Werkstatt begrüßte, und noch weiter und weiter nähte er. Als es fast schon Mittag war, hielt er einen fertiggestellten Schuh in seiner Hand und dachte an Eddie. „Das wäre etwas für dich, lieber Eddie", murmelte er zufrieden. Und da er keine Aufträge hatte, aber so große Lust verspürte, etwas zu produzieren, nähte er weiter und hatte bis zum Nachmittag vier zusammenpassende Schuhe fertig.

Stolz betrachtete er sein Werk. Sie gefielen ihm außerordentlich gut. Er meinte, so schöne Schuhe noch niemals hergestellt zu haben. Und da er das Gefühl hatte, diese Schuhe speziell für Eddie angefertigt zu haben, beschloss er, die Schuhe in ein wunderschönes Rot einzufärben.

Am Morgen fiel Eddie als erstes sein Wunsch ein und er hatte das dringende Bedürfnis, so bald wie möglich bei Lars vorbeizuschauen, doch er musste bis nach dem Unterricht warten. Gleich danach aber, machte er sich auf den Weg in die Stadt. Er schaute nach links und nach rechts und glaubte schon den falschen Weg eingeschlagen zu haben, denn der Weg zum Vorweihnachtsdorf war plötzlich nicht mehr da. Verdutzt kratzte er sich an seiner rechten Schaufel. Ob das alles mit rechten Dingen zuging? Aber dann fiel ihm ein, dass das Vorweihnachtsdorf ja normalerweise auch nicht gefunden werden will. Er machte eine kurze Pause, um noch einmal an Tomte und Jule zu denken und ihnen zu danken. Dann lief er geschwind weiter zur Stadt, denn er konnte es kaum erwarten, zu schauen, wie es Lars ging. Als er die Tür zur Werkstatt öffnete, hörte er tatsächlich ein lautes, gleichmäßiges Rattern, das die gesamte Werkstatt mit neuem Leben auszufüllen schien. Er trat ein und sah Lars an seiner Nähmaschine sitzen. Mit dem Fuß bewegte Lars das Pedalbrett unter der Maschine, das Rad drehte sich, die Nadel glitt durchs Leder wie durch warme Butter.

Freudig rief Eddie: „Hallo Lars!" Lars drehte sich um und strahlte über das ganze Gesicht. „Schau nur!", rief er aus, „meine Nähmaschine funktioniert wieder, Eddie. Du wirst nicht glauben, was hier heute Nacht geschehen ist! Ich bin so froh, dass du kommst. Da ich gerade keine Aufträge habe und du so dringend Schuhe brauchst, habe ich mich daran gemacht und habe vier rote Elchschlittenschuhe für dich angefertigt." Lächelnd schob er vier wunderhübsche rote Lederschuhe vor Eddie. „Hier, probiere sie gleich an!"

„Oh Lars!", rief Eddie und umarmte Lars, so glücklich war er. Von den Weihnachtswichteln Jule und Tomte und von seinem Wunsch aber durfte er nichts verraten, das wusste er und hielt sich daran. Dann jedoch sagte er bedrückt:

„Aber, Lars, ich habe doch gar kein Geld, wie soll ich diese wunderbaren Schuhe denn bezahlen?"

„Gar nicht", antwortete der glückliche Lars. „Das Material hatte ich noch und die Idee für die Schuhe ist mir doch erst gekommen, als du mir von deiner Not erzählt hast. Ich habe heute Nacht etwas erlebt, was mich wieder an Wunder glauben lässt! Ich danke dir, mein Freund, dass du mich gesucht und gefunden hast! Daher möchte ich dir die Schuhe schenken. Aber damit du sie nicht ganz ohne Gegenleistung nehmen musst, möchte ich dich bitten, einmal in der Woche zu mir zu kommen. Ich bin viel allein und ein wenig Unterhaltung würde mir gefallen. Zudem kommst du jetzt als Weihnachtsschlittenelch sehr viel in der Welt herum und kannst mir viele Geschichten erzählen."

Das war doch wirklich eine tolle Bitte! Kennt ihr eigentlich jemanden, der sich auch darüber freuen würde, solch einen Besuch zu bekommen?

„Mehr willst du dafür nicht?", fragte Eddie verwundert.

(Eddies Schuhe sind noch nicht rot, wenn du magst kannst du sie rot ausmalen.)✏️

„Nein", sagte Lars, lachte und schüttelte den Kopf. „Ab jetzt kann ich wieder Schuhe anfertigen und habe einen Freund, der mir Gesellschaft leistet. Mehr brauche ich nicht."

„Gut, aber wenn ich dann komme, kann ich ja auch mal deine Werkstatt reinigen, vielleicht können wir auch gemeinsam essen oder, oder!", sprudelte es vor Freude aus Eddie heraus.

„Das wäre sehr schön", sagte Lars. Und weiter sprach er gespielt im Befehlston: „So, mein Freund, gleich wird es dunkel. Du musst heim, um die Schuhe auszuprobieren und dich auf die Prüfung vorbereiten! Melde dich doch nach der Prüfung bei mir, damit ich weiß, wann ich aufhören kann, die Daumen zu drücken, und damit wir das große Ereignis feiern können, denn ich bin sicher, dass du ein wunderbarer Weihnachtsschlittenelch wirst!" Die beiden verabschiedeten sich herzlich voneinander. Eddie war glücklich über seine neuen Schuhe, sie waren besonders warm und rutschfest und er kam im Schnee schnell voran. „Ein wunderbares Gefühl ist es, darauf zu laufen", dachte er, während er den Weg von der Stadt zur Elchschule entlanglief.

Endlich kam der letzte Prüfungstag. In einer Sondernote wurde auch die Schnelligkeit bewertet, mit der die Elche ihre Schlitten vorbereiteten, die Kufen schmirgelten, das Geschirr überprüften und dann anlegten. Es war ein wenig so wie wenn Piloten ihre Flugzeuge und ihre Ausrüstung prüfen, bevor sie losfliegen können. Die Schuhe festgeschnürt, das Geschirr korrekt angezogen stand auch Eddie irgendwann vor seinem Schlitten und wartete auf den Startschuss. Ihm gelang ein perfekter vorsichtiger Start, denn die Sohlen seiner neuen Schuhe waren griffig, während der Elch zu seiner Rechten in den Schulschuhen wegrutschte. Eddie trabte sanft an und sein Schlitten begann zu gleiten. Es war ihm, als würde er schweben, so leicht ließ sich sein Schlitten ziehen. Er blickte sich nicht um, er hatte das Gefühl, einen riesigen Vorsprung zu seinen Mitschülern zu haben. Im Nu war die Ziellinie nicht mehr weit.

Eddie drosselte sein Tempo.

Jetzt musste er darauf achten, dass er sich perfekt sammelte und seine Schritte verkürzte, so dass der Schlitten mit ihm langsamer wurde und ihm nicht in die Hacken fuhr. Sanft und ohne Rucken kam er mit seinem Schlitten hinter der Ziellinie zu stehen. Schüchtern senkte Eddie den Kopf zum Gruß vor den Prüfungsrichtern. Die Prüfung war geschafft.

Die Weihnachtsschlittenelch - Prüfung

Die Prüfer kamen auf ihn zu, applaudierten und gratulierten ihm zu dem perfekten Lauf. Sie bewunderten seine Schuhe. Einer wollte sie sogar anprobieren. Dann brachte Eddie seinen Schlitten in den Stall und stellte sich an den Streckenrand, um die Fahrten seiner Mitschüler und Freunde anzuschauen.

Nachdem alle Elche ihre Prüfung beendet und bestanden hatten, wurde Eddie zum Direktor gerufen. Dieser bat ihn, ihm für einen Probelauf seine Schuhe zu borgen. Der Direktor zog sie an und ging hinaus in den Schnee.

Nach kurzer Zeit kam er wieder herein und fragte Eddie, wo er denn diese Schuhe bekommen habe. Misstrauisch fügte er hinzu, dass er wisse, dass es sich bei diesen Schuhen nicht um die Schuhe handele, die zu Beginn der Ausbildung jeder Schüler bekommen habe. Eddie bekam ein mulmiges Gefühl in der Magengegend, gab sich dann aber doch einen Ruck und erzählte dem Direktor die Geschichte seiner Schuhe. Dass seine Schulschuhe verloren gegangen waren, dass er den Schuster Lars Örenson kennengelernt habe, er erzählte von Lars' Nähmaschine, seinem Wunsch, den er laut ausgesprochen hatte, und von der wundersamen Erfüllung. Die Begegnung mit den Wichteln erwähnte er vorsichtshalber nicht. Der Direktor war erstaunt und bat Eddie, gleich am nächsten Tag den Schuster zu ihm zu bringen.

Den Rest des Tages und auch den Abend verbrachte Eddie mit seinen Schulkameraden. Alle hatten sie die Prüfung bestanden und somit einen Grund, dieses auch zu feiern. Am späten Abend wurde auch der Geschwindigkeitssieger der Prüfungsfahrt bekanntgegeben. Na, was meint ihr wohl, wer das war? Das war unser Eddie! Mit den Schuhen von Lars Örenson war er der Schnellste gewesen!

Am nächsten Tag war es schon bald Mittag, als Eddie sich auf den Weg zur Schusterwerkstatt machte. Auf seinem Weg dorthin sah er plötzlich zwei Wichtel am Wegesrand stehen und als er näher herankam, erkannte er, dass es Jule und Tomte waren. Freudig lief er auf sie zu und erzählte ihnen aufgeregt von allem, was geschehen war. Dabei leuchteten seine Augen vor Freude. Tomte sah Jule an und Jule sah Tomte an, und da sagte Tomte, als sie sich schon zum Gehen wenden wollten: „Lieber Eddie, wundere dich niemals, wenn wundersame und gute Dinge um dich herum geschehen. Denke nur an diesen einen Satz: Eine gute Tat zieht immer weitere gute Taten mit sich. Du wirst sehen, öffne nur dein Herz, deine Augen und deine Ohren."

„Ja", versprach Eddie und musste blinzeln – und da waren die beiden
Wichtel Jule und Tomte, so wie es ihre Art war, auch schon wieder
verschwunden.
Nur eine fein glitzernde Wolke hing über dem Weg – was meint ihr,
was das war? – Genau, das war der Sternenstaub von Jule und Tomte!

Wie hatte sich Lars über den Besuch und die gute Nachricht, dass Eddie seine Prüfung bestanden hat und dann auch noch der Schnellste seiner Klasse war, gefreut. Gemeinsam aßen sie Kuchen und tranken Kakao und dann rückte Eddie mit seinen Neuigkeiten heraus: Zuerst erzählte er Lars, dass der Direktor seine Schuhe ausprobiert hatte und ihn sprechen wolle. Und dann holte er die Bestellliste seiner Freunde heraus, die auch alle Schuhe von Lars haben wollten. Lars freute sich und bat Eddie, ihm in der Werkstatt zu helfen. „Als frisch gebackener Weihnachtsschlittenelch hast du doch bis Weihnachten jetzt nichts weiter zu tun, als dein Schlittengeschirr zu ölen. Wenn du mir hilfst, dann schaffe ich das auch", sagte Lars zu Eddie, und dem wurde wieder ganz warm ums Herz vor Freude.

Zusammen gingen sie zur Elchschule, wie der Direktor erbeten hatte. Dort erteilte der Direktor feierlich dem Schuster Lars Örenson den Auftrag für die Anfertigung der roten Weihnachtsschlittenelchschuhe für die nächsten Erstklässler, die schon Ende Januar eintreffen sollten. Somit wurde durch das Aussprechen eines Herzenswunsches auf wundersame Weise Eddie zu einem richtigen Weihnachtsschlitten-Elch, die Schusterei gerettet und Lars Örenson und Eddie zu Freunden. Lars schaute Eddie zum Abschied an und sagte: „Danke, Eddie, durch dich hat sich mein Leben verändert und verbessert. Du hast etwas gut bei mir, also wünsch dir etwas!"

„Nein Danke", sagte Eddie lachend. „Ich habe alles, was ich brauche. Neue Schuhe und einen neuen Freund!"

Bei seinen Worten waren Jule und Tomte in der Wunschpoststation begeistert und freuten sich, dass sie einen so guten Herzenswunsch erfüllt hatten. Zufrieden lächelnd schalteten sie den Bildschirm aus, und bevor Tomte noch einen großen Schluck von seinem heißen Kakao nahm, hob er den Becher und reimte ausgelassen:

„Nun schau einmal an, was man mit Liebe im Herzen bewegen kann!
Da haben wir wieder ein Wunder vollbracht, ein einziger Wunsch hat
so vielen Leuten Gutes gebracht!"

ENDE

Autor: Martina Bohr
Illustrationen: Ilonka Baberg
Instagram: ilonkababerg_illustration
Lektorat: Iris Fechner 2017
Copyrights Illustrationen: Martina Bohr
Layout Buch: Martina Bohr
Die Rechte für dieses Buch: Martina Bohr
Copyrights 2012 Text neu überarbeitet 2024 Martina Bohr

Verlag:
BoD · Books on Demand GmbH, In de Tarpen 42,
22848 Norderstedt
Druck:
Libri Plureos GmbH, Friedensallee 273, 22763 Hamburg
ISBN: 978-3-7693-0116-8

Für meine lieben Enkelkinder

Zeichnung Martina Bohr